Hans Albert Poignée

X-Ray

Yankee

Zulu

Bericht des Killers James Rico

„Maybe there's a God above

And all I ever learnt from love

Was how to shoot at someone

Who outdrew you._"

Leonard Cohen, Hallelujah

"La vie est un sourire errant.

Miracle d'aimer ce qui meurt."

Albert Camus, dans la Maison Fichu

Titelbild

Karin Trittel

Die Intrige (im Besitz des Autors)

Herstellung und Verlag:
BoD - Books on Demand, Norderstedt
ISBN 978-3-7412-5634-9

Fort Detrick, Maryland, USA, 1986

Durch die Indiskretion eines ehemaligen Mitarbeiters wurde bekannt, dass schon im Jahr 1981 aus dem Biowaffenlabor in Fort Detrick, USA, zwei Liter mit Chikungunya-Virus entwendet wurden – genug, um damit die Weltbevölkerung mehrfach umzubringen.

Inhalt

Ziguinchor, Senegal 6

Leida, Spanien 7

Madrid, Spanien 27

Barcelona, Spanien 34

Paris, Frankreich 45

Chambon-sur-Lignon, Vivarais 66

Karlsruhe, Deutschland 70

Dresden, Deutschland 75

Landau, Bayern..80

Mannheim, Deutschland 87

Berlin, Deutschland 89

Bad Wildbad – Kreuth, Bayern 96

Epilog 101

Gauteng, Zulu-Gebiet, South Africa 101

Ziguinchor, Senegal

In Ziguinchor war es drückend heiß. Aboulie wartete im Schatten eines mächtigen Baobab-Baumes auf den Jeep, der ihn außer Landes bringen sollte. Dieses Jahr waren wieder 40 Fälle von Chikungunya in der Region Kedougou aufgetreten, einer Krankheit, bei der man entweder nur hohes Fieber mit heftigen Gelenkschmerzen bekam, meist aber der Tod durch Organversagen auftrat. Er wollte raus aus diesem Land, weg von diesem dreckigen Strand, dem Meer, in dem sie immer weniger Fische fingen. In dem chinesische Fangflotten in senegalesischem Hoheitsgebiet ungestraft die Mägen ihrer riesigen Trawler mit Tunfisch vollstopften. Er wollte nach Europa. Er war jung, intelligent und willig, zu lernen. Dort ein neues Leben anzufangen. Er würde irgendwie nach Spanien kommen. Aboulie war sich sicher.

Leida, Spanien

Den ersten Auftrag bekam ich an einem sonnigen Tag im Mai. Der sandige Fußweg nach Leida war von Blumen gesäumt, Klatschmohn, Wegwarte und römische Kamille ließen die Wegränder leuchten. Meine schäbigen Sandalen waren völlig eingestaubt. Als ich in der Stadt ankam, hatten sich die Leute schon in die Carrer Saracibar geflüchtet, zogen sich noch unter die Arkaden zurück und hielten sich bei einem Cafe americano oder einem frischen Orangensaft bei Laune. Ich ließ mich an einem freien Tisch nieder. In meinem Geldbeutel hatte ich gerade einmal 10 Euro. Ich schlug gerade eine ausgelesene Ausgabe der Vanguardia auf, als mich ein etwa 50 Jahre alter Herr ansprach. Ich sage Herr, denn so etwas erkannte ich sofort, jemand, dem ich nie das Wasser würde reichen können, hellblaues Hemd, seidenes Halstuch trotz der ansteigenden Hitze, machen wir es kurz: Jemand, von dem ich nie gedacht hätte, dass er so ein Subjekt wie mich überhaupt anblicken würde. Ich komme aus Senegal, wurde nach Spanien über das Meer geschleust. Ja, ich bin ein Neger, negro, und ich gehöre hier nicht zur beliebtesten Rasse, zumindest bei einer Menge von Leuten. Ich bin auch kein verfolgter Christ, was es mir hier leichter machen würde. Ich bin, na ja, Muslim, eigentlich sind in meinem Stamm, den Lebu, alle Männer Mitglied der Layène-Bruderschaft, aber das ist ein anderes Thema. Für die Menschen hier bin ich ein Erdnussfresser und vor allem eine billige Arbeitskraft. Ich schweife ab.

Meine beste Kleidung, die ich für meinen Ausflug in diegroße Stadt gewählt hatte, war eine saubere braune Hose, Plastiksandalen vom Chinesen und ein weißes Nylonhemd. Der Kaffee in Spanien ist billig und anregend schmackhaft. Den Ausflug mache ich alle zwei Wochen, ein wenig abschalten, Leute gucken.

Sie wollen sicher nicht wissen, was ich arbeitete, bevor mich dieser Herr ansprach. Beim Gucken war er mir nicht aufgefallen, ich schaue eher den Chicas mit ihren Hotpants oder luftigen Sommerkleidern nach. Es ist deprimierend, jemand anzulächeln, der dann lieber an eine Wand schaut, als ob da gerade George Clooney vorbeiliefe. Keine Ahnung, was sich die Menschen denken. Bin ich ein Brett auf zwei Füßen?

Jedenfalls spricht mich dieser Herr an, was ich so tue an einem so schönen Tag und dass er nur Tourist sei aus Zaragossa. Nach einer Weile kommt er zur Sache. Er bräuchte jemand für einen Auftrag: „Ich bin in Rente und ich bin todkrank. Mein Arzt gibt mir noch ein halbes Jahr. Leberzirrhose, dabei habe ich mein Leben lang wenig getrunken." Er lächelt, irgendwie lächelt er über

seine eigene Blödheit, sein Leben lang absti-
nent geblieben zu sein. Aber er wusste es
selbst: „Wissen Sie, ich habe immer gut, o-
der sagen wir lieber „brav" gelebt, ein or-
dentliches Leben. Aber jetzt ist es zu spät zu
bereuen." Er sprach katalanisch und ich verstehe das, weil man das eben hier so spricht.
Also, er greift in seine Brusttasche und legt
100 € auf den Tisch, so, vor mich hin. Ich
greife natürlich nicht zu. Nachher heißt es,
ich hätte etwas gestohlen und bei Leuten wie
mir ist da gleich ein halbes Jahr Knast drin.

Da braucht es keine großen Vorstrafen, eine
kleine Rauferei ist schon genug. „Das ist für
Sie", fängt der Herr schließlich wieder an zu
reden. „Du kannst mehr davon haben." Da
war mir gleich klar, da kommt etwas Krum-
mes. „Wie gesagt, ich war immer ordentlich,
zuverlässig, aber du kennst sicher das
Sprichwort: „Es kann der Frömmste nicht in
Frieden leben, wenn es dem bösen Nach-

barn nicht gefällt." Ich nicke. Arschlöcher gibt es überall auf der Welt.

„Und was soll ich für das Geld machen?", frage ich vorsichtig. Er nimmt einen Schluck Kaffee und nimmt das Gespräch wieder auf: "Machen wir es kurz. Sie sollen jemand für mich umbringen. Ich hasse diesen Menschen und er hat mein Leben über Jahre zur Hölle gemacht. Wissen Sie, es ist ganz einfach. Ich habe Geld und Sie keines. Sie kennen den Mann nicht und er Sie auch nicht. Niemand verdächtigt Sie und mich auch nicht, denn ich werde ein wasserdichtes Alibi haben. Sie dürfen sich nur nicht erwischen lassen." „Und wie soll das gehen? Soll ich ihn erwürgen? Das packe ich nicht." „Kein Problem", fährt der Mann fort, „Ich gebe dir eine Waffe. Die Waffe ist noch aus dem Bürgerkrieg. Nirgends registriert. Sie gehört also niemand. Sie verstehen?"

Es macht mich nervös, dieses ständige „Sie",
das bin ich nicht gewöhnt. Ich bin Aboulie,
Aboulie komm mal, Du hol mal den Kanis-
ter, Aboulie shut up, ein Aboulie eben.

Aber es gefällt mir auch, dass er mich mit
„Sie" anspricht: „Und wieviel springt dabei
für mich heraus?" „Ich gebe Ihnen 5000 €."
Das ist ein Wort. Dafür arbeite ich ein Jahr.
Dafür esse ich ein Jahr lang billiges Brot,
schlafe unter einer Plane, spritze Obst mit
giftigen Insektiziden, spare nur so viel, dass
ich meiner Mama etwas nach Senegal schi-
cken kann.

„Ok, ich denke darüber nach.", sage ich.
„Ich bin morgen um dieselbe Zeit wieder da.
Wenn Sie kommen, heißt das, Sie sind dabei.
Ok? Das Geld können Sie übrigens behal-
ten. Prüfen Sie es ruhig, es ist echt." Er steht
auf und verschwindet in einer Gasse.

„Hat der es eilig", denke ich. „ Nun muss ich auch noch seinen Kaffee bezahlen. Mal sehen, ob der Kellner die 100 € akzeptiert."

Am Abend, als es gerade etwas abgekühlt hatte und ich auf dem Stroh lag, meine Kameraden ringsum, ich hätte gerne mit jemandem darüber geredet. Verdammt einsam, so eine Entscheidung. „Geht's dir nicht gut?", hat Jorge zu mir herüber gerufen, aber ich habe nur abgewinkt. „Todo en su debido orden!" signalisierte ich. Es wurde eine unruhige Nacht, voller furchtbarer Träume. Irgendjemand bekam eine Kugel in den Kopf, das Blut spritzte meterweit, ganz anders als in den Krimis, wo die Opfer einfach umfallen, als sei ihnen schwindlig geworden. Und dann kommt ein Kommissar, tastet die Halsschlagader ab und sagt: „tot". Meistens gibt es dann eine Frau dazu, die traurig schaut und einen Bösen, der immer grimmig und verschlagen um sich blickt. Ich glaube, das mit der grimmigen Visage, das lasse ich lieber, ich bleibe lieber lustig. Das behaupten zumindest die anderen von mir: „El loco" nennen sie mich, was wohl so etwas wie „das verrückte, lustige Huhn" sein soll.

Im Traum hat es jedenfalls ganz eklig gespritzt und ich habe gespürt, wie ein paar Tropfen Blut an meinem Gesicht hängen geblieben sind. Am Morgen war ich nicht sonderlich ausgeschlafen, aber ich habe mich trotzdem entschlossen, hinzugehen und zuzusagen. So eine Chance kommt nur einmal im Leben. Er kennt mich nicht, ich kenne ihn nicht, keiner weiß, wie der andere heißt und woher er kommt. Das was mein Job sein wird, das nennt man einen Killer. Der Killer, das wäre dann ich. Und die 5000 € wäre meine. Die müsste ich dann ganz allmählich auf mein Konto einbezahlen, nicht zu schnell, das wäre auffällig. Aber so viel Geld kann ich auch nicht auf der Plantage irgendwo verstecken.

Die Geschichte, die ich gerade erzähle, die ist viele Jahre her, ich bin jetzt ungefähr so alt wie der feine Herr damals. Glauben Sie nicht, sie können mir noch etwas anhängen. Das ist alles längst verjährt, hoffe ich jedenfalls. Außerdem kann ich mir das alles auch nur ausgedacht haben. Egal. Ich hatte jedenfalls ein angenehmes Leben. Ich bin viel rumgekommen. Nach Frankreich, nach Deutschland. Amerika, das wäre es immer gewesen, aber mein Daumenabdruck hätte zu keinem Dokument gepasst. Schade. Ich hätte gerne einmal das Monument Valley gesehen oder innen die Freiheitsstatue hochgeklettert. Ich habe „Spiel mir das Lied vom Tod" von Sergio Leone gesehen. Mir hat Charles Bronson gefallen, der Rächer. So ähnlich stellte ich mir meinen Job als Killer vor. Aber Mundharmonika kann ich nicht spielen.

Die Polizei hat mich nie eingebunkert. Ich habe jedenfalls gelebt, anstatt unter den Planen an Lungenkrebs zu krepieren. Viele von uns, auch Jorge, haben damals schon gehustet.

Der Herr mit dem Halsstecktuch war da. Pünktlich um 11 Uhr. Er hat mich sogar zu einer Tortilla und einem Glas Wein eingeladen. Ich habe also ja gesagt. Ich habe mir gedacht, mit einer Pistole spritzt es nicht bis zu mir. Schon mal besser. Als ob er meine Gedanken lesen könnte, hat er mir gesagt, dass Schießen nicht so einfach sei. „Das muss ich dir erst noch beibringen. Falls du flüchten musst, kannst du auch nicht einfach in die Luft ballern. Du..". Er blickte mich an, als sei ihm gerade etwas Wichtiges eingefallen. „Entschuldigen Sie, ich wollte Sie nicht duzen." Ich hob nur ein wenig die Schultern. „Sie können ruhig „du" zu mir sagen, das bin ich von meinen Chefs gewohnt." Er bestand aber auf seinem „Sie". War auch O.K. Irgendwie sogar gut, wenn jemand zu mir „Sie" sagt. Endlich fuhr er fort:" Ich werde Ihnen Unterricht geben. Sie sollten so gut schießen können, dass Sie eine Orange aus 5 Meter Entfernung treffen können. Ist nicht einfach,"No esta tan facil". Wieder schob er mir 100 € zu und wir verabredeten uns auf das kommende Wochenende, wieder am Samstag in einer ehemaligen Sandgrube. Abends rasen da viele mit ihren Dirt-Bikes herum, aber in der Mittagszeit ist dort kein Mensch." Um 11 Uhr also." Er drückte mir die Hand. Es fühlte sich gut an.

Ich kam mir schon jetzt vor wie ein reicher Mann. Fast 200 € in der Tasche. Ich kaufte mir eine Polarisationsbrille für 9 € aus dem Chinesenladen und eine Baseballkappe mit „Tu puedes todo" drauf. Als ich damit durch die Altstadt von Leida gespaced bin, kam es mir vor, als schauten mich die Menschen zum ersten Mal an. Die Opas mit ihren Krückstöcken, die Mamas mit ihren teuren Kinderwagen und dem Handy am Ohr, immer quasselnd, immer kichernd, die Kinder in ihren Sonntagssachen. Irgendwie bin ich anders gelaufen, die Füße so ein bisschen nach außen, wie die Rapper in den Videoclips.

„Wissen Sie, wozu die Sandhaufen gut sind“, fragte er mich beim nächsten Treffen, so als seien wir schon lange Geschäftspartner. Ich hatte mein Brille auf und mein Käppi, es war bullig heiß hier draußen. Ich hatte keine Ahnung, was er meinte. „So eine Kugel kann über einen Kilometer fliegen und weiß Gott was anrichten. Also, Zielen und Treffen sind sozusagen eine moralische Pflicht.“ Er lächelte in sich hinein. Ich habe nicht gleich kapiert was wer mit moralischer Pflicht meint. Aber manche Kaliber schießen einfach ein Loch in den Bauch und fliegen danach hinten wieder lustig weiter. Aber das lernte ich später. Er drückte mir seine Pistole, eine Walther P90 in die Hand. „Es ist ziemlich schwierig, damit zu treffen. Dafür ist sie handlich, gut zu verstecken. Auch James Bond verwendet sie. Stecken Sie sie

hinten in den Hosenbund, aber gesichert."
Das übte ich dann mehrmals. Jackett zur
Seite schieben, Pistole greifen und mit einer
Hand entsichern. Das Jackett hatte ich noch
nicht, das musste ich mir noch von der
Recogida besorgen.

Das Visieren war einfach. Ich hatte eine ruhige Hand. Das Treffen wir schwieriger.
Man muss mit beiden Händen zugreifen und
darf keine Angst vor dem Knall haben. Mit
beiden Händen verzog die Waffe deutlich
weniger. „Ich habe hier ein Foto für Sie. Auf
einem extra Zettel stehen noch Name und
Adresse seines Büros. Er kommt jeden
Morgen um 9 Uhr in einem schwarzen
Renault Espace in sein Büro gefahren. Er ist
das Schwein". Er atmete tief ein. „Ich zeige
Ihnen jetzt etwas". Er zog ein zweites Foto
des Mannes aus der Tasche. "Enrique Falda,
Avocado" stand darauf und legte es in 10 m
Entfernung an die Sandböschung. Er kam
zurück, nahm mir die Pistole aus der Hand

und lud das Magazin. Er nahm die P90 in beide Hände, zielte kurz und feuerte sechs Mal. Feiner Sand flog auf, der Hall verlor sich zwischen den Sanddünen. Dann forderte er mich auf, das Foto zu holen. Das Gesicht war zerfetzt. Sechs ausgefranste Löcher. Mir wurde ziemlich mulmig. Er war nicht ganz der dezente, ältere Herr, für den ich ihn gehalten hatte. Wir, oder genauer gesagt ich, trainierten noch ein Stunde, dann meinte er, das sei gut genug. Wieder reichte er mir 100 €. Dazu die Pistole und getrennt davon 10 Schuss Munition. „Den Rest bekommen Sie am nächsten Samstag. Den Mann tötest du am Mittwoch um 9 Uhr. Da trinke ich gerade Kaffee mit ein paar Freunden in einer Bar, in der mich viele Leute sehen können.

Gehen Sie ruhig auf 3 m heran. Bevor jemand bemerkt, was passiert ist, sollten Sie unauffällig, als langsam, in einer Nebenstraße verschwunden sein. Pistole wieder hinten einstecken. Diese Bewegung - Pistole raus, entsichern, schießen, sichern, verschwinden lassen – müssen Sie im Schlaf beherrschen. Fünf Sekunden darf das dauern, höchstens.

Es war dann nicht schwierig, nicht einmal schlimm. Er hat eigentlich nicht geblutet, ich habe am Kopf nichts gesehen außer einem kleinen Loch und ich habe auch niemand unnötig verletzt. Der Rechtsanwalt hat einfach nur ungläubig geschaut, so, als ob er überraschend von einem Papparazzo fotografiert würde und er sich ärgerte, dass er sich vorher nicht hatte frisieren können. Er ist tatsächlich umgefallen wie im Fernsehen, nur langsamer. Er hat noch irgendetwas daher gesabbert. Aber ich konnte nichts verstehen. Comprendes? Die Leute, es waren eine Menge davon unterwegs, schauten bei dem Knall nach oben, ob da nicht ein Kampfjet gerade durch die Schallmauer bräche. Derweil hatte ich schon wieder die Waffe unter meinem Jackett verschwinden lassen, schaute nach oben wie alle anderen, hob kurz die Schultern und verschwand in einer Seitengasse. Es gab einen riesigen Auflauf, das muss so 15 Minuten später gewesen sein, aber da war ich schon weit weg. Aber so wie die Spanier ausflippen können, war das so laut, dass ich es noch durch die Gasse schallen hörte.

Der Advokat ist übrigens nicht besonders beliebt gewesen. Stand sogar in der Zeitung, dass er Feinde hatte, was für miese Figuren er verteidigt hatte. Aber das haben sich Zeitungen vermutlich auch erst dann getraut zu schreiben, als er mausetot war. Sonst hätte er sie sicher erfolgreich verklagt.

Nachdem ich das Geld auf der Bank gebunkert hatte, habe ich mich lang gefragt, wie es weiter gehen soll. Wenn ich so etwas noch einmal machen sollte, musste ich deutlich mehr Übung beim Schießen bekommen. Dafür waren 8 Patronen voll daneben. Also bin ich in einen Waffenladen gegangen und habe gesagt, ich brauche 100 Schuss Munition 9mm Luger. Der Verkäufer war allein im Geschäft und trug einen Revolver offen am Gürtel. Er hatte wohl schlechte Erfahrungen gemacht. Schließlich war das Geschäft ein Schlaraffenland für jeden Waffennarren. Tarnkleidung, Revolver, Pistolen, Gewehre, Ferngläser, Armbrüste, Stahlschleudern. Er hat gelächelt und dann gesagt: „ Ihre Waffenbesitzkarte!". Ich habe nach hinten an meinen Geldbeutel gefasst. Er hat mit der Hand über seinen Revolver gestrichen. Als er meinen Geldbeutel gesehen hat, war er erleichtert. Ich habe den Geldbeutel aufgeklappt und 100 € auf den Tisch gelegt. Das hat ihn aber nicht überzeugt: „Ihre Waffenbesitzkarte brauche ich, verstehen Sie?", hat er wiederholt. Das war dann so ein Moment wie im Western. High Noon. Er der Sherriff und ich, sagen wir, Charles Bronson. Wer eben schneller zieht. Ich habe mir vor Angst fast in die Hosen gemacht. Aber im Gesicht blieb ich cool und freundlich: „Ach so, Moment, mal sehen, ob ich den auch dabei habe", habe ich geantwortet. Drei Sekunden. Griff nach hinten, Pistole entsichert und ihm vor die Nase gehalten. Ich brauchte meine Bestellung nicht zu wiederholen. Er griff ins Regal und legte 100 Patronen auf die Ladentheke. Ich, ganz Gentleman: „ Vielen Dank noch", und verlasse rückwärts das Waffengeschäft. Mir ist klar, er wird sofort den Alarm auslösen. Aber wenn ich etwas kann, dann rennen. Die Umgebung hatte ich vorher schon ausgespäht. Hundert Meter weiter war ein kleiner Abgang in eine Tiefgarage, ziemlich weitläufiges Ding. 200 Meter bin ich durch die Gänge geflitzt, dann wieder ans Tageslicht, tief durchatmen, in eine Kirche, auf die Empore und zwei Stunden Zeit vertreiben. Gebetsnischen bewundern und so. Es war schon interessant. Ich hatte bisher noch nie Zeit in einer christlichen Kirche verbracht. Überall waren Männer mit Kronen oder riesigen Spitzmützen. Wichtige Leute vermutlich. Unter ihren Füßen aber immer irgendwelche Knochen und Totenschädel. So, als hätten die Steinmetze zeigen wollen, dass es nicht weit her ist mit der irdischen Zeit, als ob es plötzlich vorbei sein könne, egal, was für ein aufgeblasener Oberguru du bist. Passte doch irgendwie zu meinem Job. Nur hatte ich keine Sense dabei.

Die Pistole und das Päckchen Munition habe ich in einer dunklen Ecke neben der Orgel geparkt, Hemd habe ich getauscht- immer zwei übereinander. „Erkennen Sie einen Schwarzen mit neuem Hemd wieder. Die sehen doch alle gleich aus…"

Madrid, Spanien

Bei meinem zweiten Auftragsmord war ich eigentlich in Urlaub. Ich hatte meinen Kumpels gesagt, ich würde gerne einmal nach Madrid. Können Sie sich das vorstellen? Ich habe damals schon drei Jahre in Spanien gearbeitet, war legalisierter Einwanderer und noch nie in der Hauptstadt gewesen. Die Häuser im „Sol" sind Spitze. So viel Reichtum, so verrückte Häuser. Überall handgemalte Kacheln an den Häuserwänden, viele Läden, in denen die Gitarren noch selbst hergestellt werden. Ein großer Park mit Wasserbecken, der „Retiro" heißt, eine Kunstausstellung darin und für mich eine grausig schlechte Unterkunft, aber ich wollte etwas sehen und meine 5000 € nicht verschleudern. Ich kaufte mir eine Kappe mit einem Stier drauf, typisch spanisch. Und eine CD. Und schon hatte ich meinen nächsten Kunden. Und das kam so.

Ich saß in dem Park, ganz in der Nähe des Prado und schaute mir meine neue Raub-CD an, die ich bei einem der Neger im „Sol" gekauft hatte. Die sitzen neben einem Haufen CDs, die auf einer Plane ausgebreitet sind. An den Ecken der Plane sind Seile, die miteinander verbunden sind. Die Kunden können die Ware bestaunen und kaufen. Sobald die Polizei auftaucht, ertönt ein lauter Pfeifton, die Seile werden mit einem Ruck zusammengezogen und aus der Plane ist ein Rucksack geworden mit dem der Neger in einer Gasse verschwindet. Genial.

Also nochmal: Ich saß gerade auf einer Bank in dem Park und überlegte, ob sie mir nicht eine leere CD angedreht haben. „George Benson" stand drauf. Da sprach mich ein Mann an, weißer Rolli und beiges Cordjacket, Typ linker Intellektueller. Fragte mich, ob ich in die CD reinhören möchte, er habe einen CD-Player dabei. Wollte ich natürlich und so kamen wir ins Gespräch über schwarze Musik und so. Er kannte natürlich auch „Breezing" und „In the Ghetto". Irgendwann fragte er mich, was ich beruflich mache. Der Kerl ist echt, denke ich, und mache einen auf Spaßvogel. Sage: „Ich bin ein Auftragskiller. Aber noch kein Profi". Dazu gab es mein unnachahmliches Lächeln. Er war verblüfft, nicht verärgert. „Und Sie?", lenkte ich ab bevor er anfangen konnte zu bohren. Er sei tatsächlich Lehrer für Geografie und Englisch. „England hat eine lange Geschichte von Auftragsmorden. Viele Könige haben Killer angeheuert, Macbeth, Bloody Mary, Heinrich VIII..", fuhr er fort. Doch er wurde wieder ernst und greift meine Äußerung auf: „War das ein Witz mit dem Auftragskiller oder ist da etwas dran?" hakte er nach. „Ehrlich gesagt, ich lerne noch.". „Aber Sie haben schon einmal…?" „Ja, aber das ist top-secret". Er dachte ein wenig nach, nagte an seiner Unterlippe, legte sein englisches Buch auf eine Brüstung und gab mir meine Benson-CD zurück. Ich dachte schon, jetzt zieht er ab. Mit dem hast du es verratzt, dachte ich. Aber plötzlich wurde er noch ruhiger, schaute sich nach allen Seiten um. Schließlich fragte er: „Wie viel kostet denn so ein Auftrag?". Er nannte es Auftrag, war mir recht so. Ich zögerte, ich wollte diesen Mann nicht ausnehmen. „2000 €, wenn es nicht zu kompliziert ist". „Es ist mein Chef, 46 Jahre alt. Vergrault seit Jahren jeden interessanten Lehrer oder Lehrerin. Wer nicht spurt, wird strafversetzt. Mieses Betriebsklima. Niemand traut sich mehr, etwas zu sagen, auch ich nicht. Und es gibt ein kleines Problem.

Der Auftrag muss in der Schule stattfinden, der Chef hält seinen Wohnort geheim, er wird schon wissen, warum. Und deshalb muss es leise passieren, sonst läuft das ganze Schulhaus zusammen, 200 Schüler, das geht sonst schief.". „Gut", sagte ich," ich denke mir etwas aus. Können wir uns morgen hier wieder sehen?"

In dieser Nacht konnte ich nicht gut schlafen. Es war schwül und die Geräusche der Innenstadt drangen zu mir herauf. Gutgelaunte junge Leute, wohl in meinem Alter,

zogen durch die Altstadt, singend oder gröh-
lend, je nach Talent.

Ich grübelte, wie ich das machen könnte,
ohne Pistole, wenn möglich noch ohne Blut.
Keine Idee. In der Nacht träumte ich von
Kaninchen, wie ich sie im Retiro oft gesehen
hatte, hoppelnd über die Kieswege, eilends
eine Erdhöhle suchend. Dann war ich wieder ganz Kind. Ich entsann mich, wie süß
ich sie fand, wie wohl alle Kinder. Aber
mein Vater züchtete sie auch. Für unseren
Eiweißbedarf. Wieder schlummerte ich hin-
weg. Am Morgen erwachte ich, gerädert,
aber mit einer Idee. Der gute alte Handkan-
tenschlag, mit dem mein Vater die goldigen
Häschen schmerzfrei ins Jenseits beförderte,
würde auch gut sein für einen Schulrektor.
Ich trainierte meine Handkanten schmerz-
haft an einer Latte, die ich in der Erde versenkt hatte und mit spröder Kordel umman-
telt hatte, bis sich Hornhaut gebildet hatte.

Als man den Schulleiter fand, dachten die Leute sicher an einen Herzinfarkt. Es war durch seinen Job sicher zu sehr im Stress. Die 2000 Euro hat mir der Lehrer, seinen Namen weiß ich bis heute nicht, in einen hellbraunen Briefumschlag übergeben. Die Kinder lachten wieder auf dem Spielplatz, die Bougainvilleas dufteten, dieses Mal waren sogar die Springbrunnen in Betrieb. Es war eine ruhige Atmosphäre. Auch der Lehrer erschien deutlich entspannter.

Barcelona, Spanien

Wenn Sie das so lesen, kommt Ihnen sicher der Verdacht, dass meine „Opfer" alles Männer in gesetztem Alter gewesen seien. In einem Alter, in dem man gewöhnlich Führungspositionen bekleidet. Lange genug auf der Karriereleiter gekrochen, heftig buckelnd, immer in der richtigen Partei oder dem passenden Club gewesen, gelernt hat, frühzeitig nach unten zu treten, bevor sich irgendjemand positiv hervortut. Was auch in gewisser Weise meine „Aufträge" hervorzaubert.

Aber das muss nicht immer so sein. Es gibt auch karrieregeile Weiber und es gibt Frauen, die ihre Reize spielen lassen, um freundlich, notfalls erpressend, sich einen Platz an der Sonne zu erobern. So eine kam mir als mein dritter Fall unter. Ich hatte meinen Wohnsitz, genauer gesagt meinen Hotelplatz, nach Barcelona verlegt nach der Devise, möglichst nicht in einer Stadt zu bleiben, in der ich eine Spur hinterlassen hatte. Mein Auftraggeber war ein Neger wie ich, allerdings von der Elfenbeinküste. Er hatte sich in zwanzig Jahren eine kleine Kfz-Werkstadt aufgebaut, litt aber unter der schlechten Konjunktur in Spanien. Viele Mechaniker arbeiteten schwarz, die Chinesen lieferten nachgemachte Ersatzteile, es war schwierig für ihn. Seine Werkstadt lag an einer frequentierten Nationalstraße C58, er hatte immer viel zu tun und hatte sogar einige Rücklagen bilden können. Ein schmuckes Haus in der Nähe von Terrassa hatte er bauen können mit einem Flachdach für die Wäsche und Geranien auf dem Balkon. Als aber in geringer Entfernung die Autobahn C16 gebaut worden war, sie wissen wie das läuft. Das Konsortium, das für den Bau der Autobahn zuständig war, baute Leitplanken ohne Schutzfunktion, hunderte unnötiger Parkplätze, Brücken ins Nirgendwo. Sie mussten Millionen abgesahnt haben. Für den fleißigen Kfz-Mechaniker, nenne wir ihn Jose, bedeutete es hingegen das Aus.

Übrigens auch für das ortsansässige Restaurant. Als die Kunden immer weniger wurden, stattdessen aber Regen durch das Asbestdach der Werkstadt zu tropfen begann, wurde es kritisch für Jose. Mit dem Restaurantbesitzer überlegte er bei Tortillas und diversen Riojas Lösungsmöglichkeiten. Schließlich verfielen sie auf die dreiste Idee, Jose solle einen Hohlraum in den Lieferwagen des Restaurants einschweißen. Der Lieferwagen fuhr einmal monatlich nach Marokko, um billige Orangen zu kaufen. Diese stammten aus der Nähe des Riff-Gebirges und damit war die Geschäftsidee geboren.

Bald konnte das Dach repariert werden und die Kinder beider Familien konnten sich wieder ordentliche Kleider kaufen. Aber nach einem halben Jahr griffen sich Zollbeamte den Lieferwagen heraus und bald standen die beiden Geschäftsleute vor Gericht. Die Staatsanwältin sah auf den ersten Blick hübsch aus in ihrer hellblauen Bluse, ihrem blauen Jackett, dem grauen Rock und dem blonden Pferdeschwanz. Sie zeigte sich verständnisvoll, brachte Jose zum Reden. Jose hatte sich 40 Jahre nichts zu Schulden kommen lassen, seine Steuer rechtzeitig bezahlt und hatte einen guten Leumund.

„Der Angeklagte hat, wohl wissend, dass sein Handeln dutzende junge Menschen ins Unglück stürzen könnte, mit einigen Kilo Haschisch gehandelt." Diesen Satz hatte sich Jose für immer eingeprägt. Die Staatsanwältin hatte dafür gesorgt – der Richter hatte ihr aus der Hand gefressen – dass er drei Jahre hinter Gitter kam. Danach war alles anders gewesen. Seine Kinder ohne Halt, seine Frau aufmüpfig, seine Werkstadt hatte sie in der Not verkauft. Jetzt fegte er die Straßen und den Bahnhof von Terrassa, rauchte wie ein Schlot und hatte das Gesicht eines 60-Jährigen. Aber in einem Balken unter dem Dach hatte er noch 1000 € gebunkert. Die bot er mir an. Für ihn hätte ich es auch umsonst getan. Das Problem war die Staatsanwältin. Nicht genug, dass Richter und Staatsanwälte meistens selbst eine Waffe tragen. Sie lebte quasi in einer Festung, eine Sicherheitszelle von einem Haus, minimalistisch in grau-weiß mit blickdichten Fenstern zur Straßenseite, Überwachungskameras, das ganze Sortiment. Selbst ihr Auto war gepanzert und mit Panzerglasscheiben versehen, das konnte ich schon an der Beschleunigung erkennen. Im Justizpalast gelten strenge Sicherheitskontrollen, Bullen am Eingang, Bodyscanner.

Die Zeit des Wartens auf eine Gelegenheit füllte ich mit sportlichem Training. Auf den Waldwegen oberhalb von Val d'Hebron hinter dem Campus de Mundet fand ich ein wunderschönes Terrain zum Joggen. Ein älterer Mann meinte, nur dort oben sei die Zivilisation, dort, wo sich einzelne Menschen trafen, kurz oder länger miteinander redeten bei ihren Spaziergängen oder Mountainbiketouren. Er zeigte mir das duftende Rosmarin und den Blick auf den Moloch Barcelona.

Nur durch Zufall bekam ich eine Chance, an die Staatsanwältin heran zu kommen. In einem etwas teureren Schwimmbad, dem Piscina Municipal de Montjuïc, sah ich sie plötzlich in einem grünen, glitzernden Einteiler auftauchen. Fast hätte ich sie nicht wieder erkannt, aber ihre blonden Haare waren noch trocken. Mir war sofort klar, dass ich jetzt nicht noch lange einen Plan entwickeln konnte. Ich überlegte nur fünf Minuten. Sie hatte inzwischen eine dunkelgrüne Bademütze über ihr üppiges Haar gestreift und schwamm zielstrebig ihre 50-Meter-Bahnen. Ich ließ mich ins Wasser gleiten und holte tief Luft. Ich tauchte hinter ihr ab und fasste ihr zwischen die Beine. In einer solchen Schrecksekunde verliert jeder Mensch kurzfristig die Kontrolle. Sie strampelte und schlug dann mit den Händen nach unten, um das unsichtbare Sexmonster abzuwehren. Ich trug wie immer eine Schwimmbrille. Deshalb konnte ich problemlos ihre Arme ergreifen und zog sie nach unten. Dann versetzte ich ihr einen Tritt in den Bauchraum, so dass ihr Kopf nach unten kam und alle Luft aus den Lungen entwich. Nun dauerte es nur noch eine Minute. Ich umarmte Sie, damit sie sich nicht mehr bewegen konnte. Hätte uns jemand gesehen, hätte er vermutet, wir seien ein Paar, das sich einen Spaß macht. Einmal noch versetzte sie mir einen Kniestoß in die Eier, dass mir kotzelend wurde, aber ich hielt sie weiter fest, zog sie weiter nach unten. Ich drücke ihr noch einen Abschiedskuss auf die Lippen."Un ultimo adios". Dann schaute ich mich um und schwamm weiter, verließ das

Becken. Es würde noch 10 Minuten dauern, bis jemand etwas auffiele. Das Schwimmbad verließ ich sicherheitshalber über den Zaun.

Inzwischen konnte ich aus der Hüfte schießen wie Wyatt Earp. Dafür hatte ich 300 Patronen verbraucht. Mein Aussehen hatte ich auch verändert. Auf dem Flohmarkt kaufte ich günstig hochwertige Anzüge und einen grauen Mantel, mit etwas Glück sogar neuwertige Schuhe. Hemden, Unterwäsche und Socken kaufte ich beim Corte Inglés. Meinen Kumpels, von denen ich mich mit einem Saufgelage verabschiedet habe, habe ich etwas von einer reichen Amerikanerin erzählt, die auf mich abgefahren sei und mit der ich weggehen würde. „Neger haben eben die längsten..", prahlte ich und sie lachten über den abgestandenen Witz. Es war mir egal, dass das Quatsch war, Hauptsache sie glaubten mir die Geschichte.

Apropos Geschichte: Der Lehrer aus Madrid hat mir ein Buch empfohlen: "Der Fremde" von Albert Camus, einem ganz strangen Franzosen. Der Held der Geschichte heißt Meursault und lebt ziemlich abgestumpft, keiner mag ihn und er mag auch niemand. Irgendwann ist er genervt von ein paar Arabern, die ihm am Stand ein Messer unter die Nase halten oder so. Ich weiß nicht mehr genau, war nicht so spannend. Jedenfalls hat er eine Knarre dabei und erschießt den Araber. Leider lässt er sich erwischen. Aber es gibt keinen richtigen Grund für den Totschlag und auch kein gutes Geld dafür. Am Ende wird es echt schräg. Er schreibt, dass er sich auf die Guillotine freut, wo ihn die Angehörigen der

Scheiß-Araber mit Hassschreien empfangen würden.

Ich wusste eigentlich nicht, warum mir der Lehrer dieses Buch geschenkt hat. Er wollte sicher etwas damit sagen; wollen ja alle Lehrer. Der Typ, den Schriftsteller meine ich, also der Camus, ist mit 47 Jahren übrigens mit einem Facel Vega FV an einen Baum gefahren. Stand hinten im Buch. Passte irgendwie.

Ich nenne mich jetzt übrigens anders, „James Rico", Amerikaner. Das Einzige, was ich wirklich lernen musste für meine neue Identität, war flüssiges Amerikanisch. Das habe ich im Tausch gegen gepflegtes Spanisch von einem amerikanischen Studenten beigebracht bekommen. Der Ami war übrigens ein sympathischer Mensch, wie ich ein Neger, aber eben ein amerikanischer. Studierende Neger, das ist so etwas wie ein weißer Abgänger der „École Normale Supérieure" in Frankreich. „Mein Gott, sogar diese drei Wörter konnte ich schon akzentfrei sprechen!" Das waren aber bisher die einzigen französischen Worte, die ich konnte. Mit Englisch kommt man überall durch.

Langsam wurde das Geld knapp. Die langen Nächte mit meinem Englischlehrer in den Kneipen der Barrio Sants waren nicht billig. Aber ich habe etwas von der Lockerheit gelernt, nicht so bescheiden zu sein, weil man die falsche Haut trägt. Der neue James Rico ist laut, lustig, hat – bzw. hatte Geld, klopfte manchem auf die Schulter „Hey guy, what's up?" von dem er früher dafür eine auf die Nuss bekommen hätte. Das Leben war schön, bis Wilson, mein Lehrer, wieder in die Staaten fuhr und ich nur noch 500 € in der Tasche hatte. Was ich brauchte, war ein ganz großer Fisch. Außerdem wurde mir der Boden in Spanien zu heiß. Jetzt den Ort zu wechseln, schien mir für meinen „Beruf" notwendig.

Paris, Frankreich

Gibt es einen Zufall? Kann man Geld verdienen, ohne etwas zu tun? Als ich den TGV nach Paris bestieg, war es noch früh, zu kühl noch in der unterirdischen Halle des Bahnhofs Sants, um an solche Dinge zu glauben. Aber weil in der zweiten Klasse alles voll war, setzte ich mich, doofer Ausländer der ich war, in die erste Klasse. Der Kontrolleur würde mich freundlich dahin zurückschicken, wohin ich gehörte, wenn überhaupt einer auftauchen sollte. Über Figueras der Steilküste entlang nach Portbou. Von dort nach Frankreich. Irgendwo in der Nähe von Cluny stieg Gustave ein. Ein echtes Unikum, Schnauzbart, leicht ergraute Schläfen, hellbrauner Anzug und das „Croix de la Valeur militaire" am Revers. Ich fand den Typ interessant, konnte ihn aber nicht einordnen. Aber er suchte von sich aus das Gespräch, konnte sogar fließend Englisch. Er hatte bei seinem Einsatz im Rahmen der

Minusma in Mali mit Engländern zusammen gearbeitet. Inzwischen war er hauptamtlicher Funktionär der CGT, der großen Gewerkschaft. Nachdem er viel über seine militärische Vergangenheit erzählt hatte, kamen wir auf das Thema Wohnungsmarkt in Paris, dort, wo er zu Hause war und ich hin wollte. Das interessierte mich brennend, da ich nicht mehr lange durch halten konnte mit den wenigen Euros, die ich noch besaß. Er gab mir als Tipp ein Studentenwohnheim oder eben eine Jugendherberge. Letzteres aber nur im Notfall. Zu viel Kriminalität dort, Diebstahl, Schlägereien. Ich verstand ihn. Irgendwann erzählte er mir von Arbeiterwohnungen, die abgerissen werden sollten von einer S.A. mit deren raffgierigen Vorsitzenden Pierre Lagarde. Der wäre gerade dabei, die Mieter nacheinander auf die Straße zu setzen. Vorsichtig brachte ich mich ins Gespräch: „Vielleicht sollten Sie ihn einschüchtern. So wie er es über seine

Rechtsanwälte mit den Arbeitern macht?"
„Aber womit denn außer mit Hausbeset-
zungen," entgegnete Gustave," der lässt
doch sofort die Polizei auffahren!". Das war
mein Stichwort: „ Aber es gibt doch noch
andere Methoden: Drohbriefe, Morddro-
hungen.." Gustave winkte ab: „Das nimmt
der nicht ernst. Der weiß, wir demonstrieren
eben nur." Ich bot ihm meine Hilfe an, er-
klärte ihm, wie ich Drohungen glaubhafter
machten könnte, so als Außerstehender, ohne Verbindung zur Gewerkschaft oder den
Mietern. Ganz umsonst wäre das allerdings
nicht. Ich konnte mir den Typ von Manager
bildlich vorstellen. Ständig ein falsches La-
chen auf dem Gesicht, verlogene Sprüche
gegenüber der Presse, eiskalt im Innern und
immer zwei Bodyguards in seiner Nähe. Ich
brauchte für so einen Fall eine bessere Ausrüstung und Geld für meinen Lebensunter-
halt im teuren Paris, eine unauffällige Wohnung im Quartier Latin. Ich würde den Ma-

nager kalt stellen, Gustave das Geld organi-
sieren. Gustave hatte Vertrauen zu mir. Er
überlegte eine Sammlung unter den Mietern,
für einen guten Zweck, jeder 50 € für angeb-
liche Prozesskosten. Für 10.000 € garantierte
ich dafür, dass Lagarde aussteigen würde aus
dem Projekt.

Drei Tage später war das Geld da und auch
eine Wohnung in der Rue Saint Antoine, die
ein Student im Auslandssemester unterver-
mietete. Am Abend schlenderte ich sie hin-
unter bis zur Place de la Bastille, kaufte mir
frisches Obst, Joghurt und Brot. Vor 200
Jahren konnte man noch das Gefängnis
stürmen. Aber heute...? dachte ich mir. Am
nächsten Tag schon kümmerte ich mich um
das Wesentliche: Ich brauchte ein Präzisi-
onsgewehr. Ich entschied mich für eine SSG
3000. Glücklicherweise bekam ich sie ge-
braucht für 2000 Euro. Ich kauft auch einen
Cellokoffer, ohne Scheiß, ich als Musiker,
fasst eine Lachnummer. Zuerst musste ich

noch die Magazinsperre knacken und dann im Umkreis eine Sandgrube finden. War nicht ganz einfach. Bald beherrschte ich die Distanz von 150 Metern mit dem Zielfernrohr. Jeden Mittwoch um 14 Uhr fuhr Mr. Lagarde, der Immobilienhai, im Restaurant Fouquet's vor, sein schwarzer Jaguar XF öffnete sich, ein Bodyguard vorne weg, einer hinterher. Zwei Kleiderschränke mit cooler Spiegelbrille, aber trotzdem mit Tomaten auf den Augen. Im Hotel traf er sich mit seinen Freunden vom Rotary-Club.

Lagarde hatte Tage zuvor eine Warnung bekommen, wenn er das Räumungsprojekt nicht ad acta legen würde, würde er demnächst zu spüren bekommen, was ihm drohe.

Hätten die Bodyguards etwas genauer um sich geschaut, hätten sie mich auf dem Dach eines schräg gegenüber liegenden Hochhauses in der Rue Washington sehen können.

Die Sicht war für mich etwas eingeschränkt wegen der Platanen. Als Lagarde das Hotel betreten wollte, zerlegte ich mit einer Salve aus meiner SSG sein smartes Handköfferchen. Lagarde in Schockstarre, wild gestikulierende Bodyguard, 10 Minuten später Sirenen und Blaulicht. Von der Räumung der Arbeiterwohnungen war nie mehr die Rede.

In meiner neuen Wohnung konnte ich nun endlich einmal gut bürgerlich wohnen, zumindest eine Zeit lang. Essen kochen, nicht nur Couscous aus der Dose, Chablis statt Coca-Cola, Salat statt Mineralstofftabletten. Im Fernsehen, so fiel mir auf, gab es jeden Abend mehr Morde, als ich als Killer je auszuführen gedachte. Meistens war das Motiv Geld- wie bei mir – oder es ging um Leidenschaft. Nicht dass ich keine Leidenschaft kennen würde.

Als ich in Barcelona mit Wilson durch die Bars und Diskos gezogen war, hatten mir einige Mädchen schon gefallen, aber ich sah immer noch nicht ansprechend aus, hatte keine Wohnung und die Art zu tanzen war mir fremd. Dieses Gestelze von einem Bein auf das andere. Zu Hause hatten wir Palmbier getrunken, im Kreis um ein Feuer getanzt, mit den Füßen gestampft, gesungen. Man war schon glücklich, bevor man ein Mädchen sah. Ich habe also vor dem Fernseher geübt, habe die Auftritte der männlichen Stars imitiert, Hand an der Hüfte, Sidekick, Moonwalk, Hand über die Haare nach hinten gleiten lassen, „Fotohand" und solche Sachen. War nicht besonders schwer und durchtrainiert war ich auch schon. Schon wegen eventuell notwendiger Flucht. Die Treppenstufen vom Dach des Hauses vis-a-vis vom Hotel Fouquet's hatte ich in 150 sec geschafft!

Also, wo war ich stehengeblieben? Die Leidenschaft durfte mich nie unvorsichtig machen. Ich stellte mich offiziell vor als amerikanischer Student aus gutem Haus, auch wenn mir noch die passenden Papiere fehlten. Michigan hatte ich als Heimatstaat genannt, kennt kein Mensch außerhalb der Staaten. In Pontiac hatte ich in der Fertigungsplanung von General Motors als Ingenieur gearbeitet. Ich war in Europa, um mich einzuarbeiten in die Auslandsgeschäfte des Konzerns. In drei Monaten würde ich zurückfliegen und konnte deshalb keiner Frau Hoffnungen auf eine dauerhafte Beziehung machen.

Yvonne war aber keine Frau zum Heiraten. Yvonne hatte beruflich mit dem Tod zu tun und das interessierte mich, schon beruflich. Sie war Fremdenführerin und lotste eine englische Touristengruppe durch die Katakomben von Paris, als ich sie zum ersten Mal sah. Sie erzählte davon, dass es in Paris früher Bergbau gegeben habe, um Steine für den Bau der Häuser zu gewinnen. Unterhalb der Stadt gebe es, so schätzt man, 100 km Stollen. Im 18. Jahrhundert gab es wegen vieler Epidemien so viele Tote, dass man keinen Platz mehr auf den Friedhöfen hatte. Weiter berichtete sie über die Anfänge:" 1779 erstickten angeblich mehrere Bewohner der Rue de la Lingerie am Gestank, der von dem benachbarten Cimetière des Innocents herüber wehte. So wurde behördlicherseits verfügt, dass der Friedhof zu räumen und zu schließen sei. Die dort exhumierten Gebeine wurden ab 1785 in die Katakomben überführt. Durch einen Schacht in der Avenue René-Coty wurden sie in die Tiefe versenkt. Später wurden auch die Friedhöfe von St-Eustache de Paris und Saint-Landry geräumt. Zunächst war die Vorgehensweise etwas unorganisiert. Später begannen die Totengräber damit, Schädel und Knochen aufzuschichten und ihnen durch bestimmte Anordnung ein dekoratives Element zu verleihen. Gedenktafeln und Holzkreuze kennzeichneten die Herkunftsfriedhöfe. „Illegale Gruppen nützten die Gänge und Hallen heute für ihre schwarzen Messen." Die Zuhörer waren fasziniert und gruselten sich.

Vielleicht, wenn man so viel mit dem Tod zu tun hat, zelebriert man gerne das Leben. Am Ende der Totenschädel, tausende müssen es gewesen sein, kam ich mit Yvonne ins Gespräch über Alpträume im Beruf. Sie war sichtlich froh, dass ich einen so normalen Beruf hatte als Manager in einem Automobilkonzern, ihr Onkel mache auch so etwas. Wir waren uns von Anfang an sympathisch. Wir scherzten bei Tisch. Ich markierte den Voodoo über einem Café americano und einer Eclair, sie zeigte mir herrliche Wege durch den Bois de Boulogne, wir hielten Händchen an der Seine, wir standen stundenlang in der Schlange vor dem Musée

d'Orsay, in dem wir die Impressionisten be-
staunten und kamen vor morgens um 9 Uhr
nicht aus dem Bett. Sie war die schärfste
Bläserin vor dem Herrn und ich verwöhnte
sie mit dem Mund bevor ich schließlich in
ihr einen Orgasmus bekam. Sie hat mich
ausgelaugt bis auf die Knochen. Ich genoss
jede Nacht die Wärme ihrer Haut und den
Nachgeschmack eines Cote du Rhone in ihrem Mund. Ich glaube, sie hat gespürt, dass
ich nicht ewig bleiben kann, aber über das
heiratssüchtige Alter war sie mit circa 40
Jahren schon hinaus. Ich habe sie übrigens
nie gefragt, wie alt sie ist. Sie hatte mir etwas
über ihrer Familie erzählt, über ihren Sohn,
ihre Scheidung von einem gebildeten, aber
langweiligen Akademiker und über ihre eigene Ausbildung. Sie hatte Volkswirtschaft
und Tourismus studiert und hätte eigentlich
bei einem Reiseveranstalter in leitender Posi-
tion arbeiten sollen. Sie hatte sich jedoch für
die Fremdenführung entschieden. „C'est tel-

lement rasoir", meinte sie zu Reisebüros. Sie verwendete gerne dieses Argotwort.

Von Yvonne habe ich nicht nur die Liebe gelernt, sondern auch einige betriebswirtschaftliche Ausdrücke wie „break even point", „Angebot und Nachfrage", „Lohnnebenkosten", „Handelsbilanz". Ich weiß sogar, was sie bedeuten. Was man nicht alles aus Liebe lernt.

Yvonne schenkte mir schweinslederne Handschuhe aus Millau, die besten. Sie meinte, sie passten gut zu meiner Haut. Ich hatte dazu meine eigenen Gedanken, wozu ich sie brauchen könnte.

Eines Nachmittags, Yvonne war gerade einmal wieder unter der Erde, haha, streifte ich ziellos durch das Viertel hinter dem Montmartre, etwas weiter weg von den schwarzen Vierteln und noch weiter weg vom XVI. Arrondissement. Das ist so eine Übung für mich, um meinen Orientierungsfähigkeit zu trainieren. Man muss dazu irgendwo in einer Straße stehen, am besten ohne Blickmöglichkeit auf die Sonne und dann zu einem bekannten Ort zurückfinden. Niemanden fragen, kein Stadtplan dabei haben, riechen, was das Viertel ausmacht, die Autos begutachten, Taxieren der Gesichter, einer Straße finden, sich herauswursteln aus der Fremdheit. Dieses Mal wäre es um ein Haar schiefgegangen.

Ein paar Drogenkids kamen auf einmal um die Ecke. Sie traten an mich heran:" Hast du `mal fünf Euro für meine kranke Oma?" Ich brauchte länger, um zu begreifen, dass ich umstellt war, dass sie gierig auf mein feines Jacket schauten, wie ihr Blick am mir herunter glitt und wie er an der Ausbuchtung meiner Brieftasche hängen blieb. Jetzt würde gleich einer eine Spritze zücken und fragen, ob ich Lust auf AIDS hätte. Mir blieben nur ein paar Sekunden. Die Männer und Frauen, die mich umzingelten, waren ausgezehrt, aber zu fünft und sicher skrupellos in ihrer Drogensucht. Einen Moment verharrte ich unentschlossen. Dann fiel mir ein, du bist ja ein Killer. Meine Schuhe waren beschlagen, mein Glied hatte einen professionellen Schutz. Ich schaute in die Augen des Kerls, der gerade die blutige Spritze aus seiner lumpigen Tasche gezogen hatte. Ich drehte mich um, als ob ich fliehen wollte, aber der Dreh verschaffte mir nur den notwendigen Überblick und etwas Abstand. Die anderen warteten anscheinend auf die Reaktion ihres „Chefs". Aber bevor dieser seine Spritze zum Einsatz bringen konnte, machte ich eine 180° Drehung und mit einem Mawashi-Geri traf ihn mein Schuh am Kinn. Er taumelte nach hinten. Die anderen in meinem Rücken stürzten sich wütend auf mich. Ich griff nach hinten in den Hosenbund, griff mein Wurfmesser, einmal ohne zu zielen einen Halbbogen durch die Luft. Mein Messer ist aus japanischem Stahl. Ich habe die Gegner nur gestreift, ihre Fingerspitzen, die nach mir greifen wollten, ihre Fäuste, die mich treffen sollten. Sie schrien auf, überrascht und geschockt. Für mich Zeit genug, um über den am Boden liegenden Anführer hinweg zu springen und die Straße hinauf zu hetzen. Als sie sich besonnen hatten, hatte ich schon 100 m Vorsprung. Außer einem wütenden Geheul war bald nichts mehr von Ihnen zu vernehmen. Es war ärgerlich, meine schönen neuen Handschuhe mit kaltem Wasser auswaschen zu müssen.

Ich habe Gustave von der CGT noch einmal getroffen. Er wollte mich bei mir zu Hause treffen. Er war sehr zufrieden mit meiner Arbeit. Ich erzählte ihm, dass ich die SSG 3000 in Öl eingelegt und in einer Plastikplane im Bois vergraben hätte. „Si vous en avez encore besoin.". Ja, er hätte da etwas für mich, ein Herr würde mich gerne kennenlernen. Es sei seriös und auch gut bezahlt. Dieser Herr erwarte mich um 16 Uhr im Wartesaal des Gare du Nord. Mir kam das etwas merkwürdig vor, aber auf Gustave konnte ich mich verlassen. Ich würde den Mann an einem weißen Einstecktuch in der Brusttasche seiner Jeansjacke erkennen.

Der Herr war noch jung, keine 30 Jahre alt, ungewöhnlich käsiger Teint, ein schlecht französisch, eher amerikanisches Englisch sprechender Mann. Am Anfang hielt ich ihn für eine verklemmten Engländer. Aber dann beobachtete ich seine Bewegungen, seine Hände, mit denen er seine Ausführungen unterstrich. Sie waren so abgezirkelt, so berechnend, jede Geste, jedes Wort war genau gewählt. Irgendwie war mir der Mann unsympathisch. Aber egal, er war mein Kunde. Er erzählte mir davon, dass in Deutschland eine Partei bestünde, die man durchaus als eine junge Version der Nazis bezeichnen könne, mit ausländerfeindlichen Tendenzen. Die Gruppe, die er vertrete, sei daran interessiert, dass sich das französische Drama während des Zweiten Weltkrieges nicht wiederhole, vor allem dürfe es kein Genozid mehr in Europa geben. Das klang alles sehr vernünftig, ich habe zuerst vermutet, er komme aus der Ecke ehemaliger Verfolgter des Naziregimes, aber er rückte mit nichts, absolut nichts heraus. Immer nur seine „Gruppe", alles müsse anonym über ihn und mich laufen. Also, wenn ich wolle, es seien 100.000 Euro drin. Meine Aufgabe sei es, die gesamte Führungsspitze dieser Partei auszuschalten, wie, das bleibe meine Sache. Gustave habe sich für mich verbürgt. Er sagte, ich könne mir das noch überlegen, mir in Deutschland erst einmal ein Bild machen, aber auf jeden Fall wollten sie meine Loyalität. Deshalb reichte er mir einen Umschlag. „That's advance money", meinte der Mann, dessen Namen ich nie erfahren habe. Er sagte, er würde mich in acht Wochen, am 25. Oktober, auf meinem Handy anrufen. Bis dahin sollte ich mich entscheiden, ob ich mir das zutraute, immerhin ging es um ein Dutzend Menschenleben. Er verabschiedete sich mit einem kantigen Handschlag. „Have a nice time in Germany".

Zu Hause öffnete ich den Umschlag. Es waren 10.000 Euro. Außerdem eine neue Identität. Ein falscher Pass auf den Namen „James Rico", nicht US-tauglich, da nicht maschinenlesbar, aber für EU ausreichend. Ich war jetzt amerikanischer graduierter Student auf Auslandssemester. Fulbright – Stipendiat mit Spezialgebiet Integration von Informatik und Maschinenbau. Ein sehr zukunftsträchtiges Forschungsgebiet, neue Algorithmen z.B. zur Steuerung von Ventilen, riesige Datenmengen werden verarbeitet. Jeder versteht nur Bahnhof und fragt nicht weiter nach, was auch gut ist, denn ich wusste natürlich auch nichts.

Yvonne habe ich nichts davon erzählt, wohin die Reise geht, nur von Weiterbildung in Deutschland.

Es ist nicht so, dass ich mir über die Menschen, die ich ins Jenseits befördere und über Gott keine Gedanken mache, weil ich ein Killer geworden bin. Wenn Sie mich fragen, was ich von Religion halte, dann fällt mir dazu schon etwas ein. Ich komme ja aus Senegal und dort sind die meisten Männer durch die Schule der Sufis gegangen. Also so ähnlich wie in Europa die Mönche. Sufis drehen sich so lange im Kreis, bis das Hirn austickt und man mit Gott sprechen kann. Das kann man nicht so richtig mit Worten erklären. Jedenfalls, wenn jeder mit Gott sprechen kann, ist ja logisch, dass es keine „richtige" Religion geben kann. Das mit Himmel und Hölle finde ich O.K., weil es das sowohl im Buddhismus als auch im Christentum und dem Islam gibt. Rein rechnerisch helfe ich meinen Opfern sogar. Wenn sie kürzer leben, können sie nicht so viele Sünden begehen und kommen deshalb früher in den Himmel. Und da ich den Menschen einen guten Dienst leiste, könnte man das gegen meine Morde hochrechnen. Das nennt Yvonne eine Win-Win-Situation. Aber mal im Ernst. Vor kurzem habe ich etwas Lustiges gelesen: In Äthiopien gibt es ein Dorf, da hat der Bürgermeister wirklich das Sagen. Während sich in dem Land die Muslime und Christen ständig die Köpfe einschlagen, hat er beschlossen, Religion zu verbieten. In seinem Dorf darf jeder leben, vorausgesetzt, er hört auf, seine Religion auszuüben, also keine Prozessionen, kein Knien nach Mekka und so. Seither ist Ruhe, die Leute verstehen sich prächtig, in seinem Dorf gibt es keinen Streit mehr. Denken Sie mal darüber nach.

Chambon-sur-Lignon, Vivarais

Frankreich ist ein großes Land. Ich kannte rein gar nichts außer Paris. Meine Lungen waren nicht im Bestzustand. Dafür hatte ich 10.000 Euro und 8 Wochen Zeit, meinen Auftrag zu erledigen. Ich wollte einmal in die Berge, frische Luft einatmen, die gab es nicht in Senegal und auch nicht in Paris. Ich war ziemlich neugierig auf die Berge, das moosige Grün der Bäume auf der Wetterseite, die Biegung der Bäume, die über die Jahre im gleichen Wind stehen, den Nebel, der sich am Morgen über die gläsern schimmernden Wiesen zieht, das Blöken der Schafe in der Abenddämmerung, das verwaschene Licht am Morgen, bevor die Sonne den Vorhang wegzieht. Ich freute mich auf die Stille, das einfache Essen aus Käse, Brot und Wein, aus Fleisch und Würsten, aus Kartoffeln und Quellwasser.

Ich hatte mich per Internet in einer einfachen Chambre d' hote eingemietet. Die Mauern waren aus ausgefugten Feldsteinen, für Jahrhunderte gebaut, das Dach aus halbrunden Ziegeln, die Natur hatte sich bis auf wenige Meter an das Haus herangepirscht. Das Zimmer hatte zwei kleine Fenster, durch die wenig Licht drang, das Bett war kurz mit einer dicken Federdecke. Es roch nach Heu.

Wenn ich morgens das Café/Croissant – Frühstück gegessen hatte, machte ich mich jeden Tag auf den Weg durch die grasüberwucherten Wege durch die Felder, hinauf zu den sanften Hügeln.

Einmal entdeckte ich eine schlichte Tafel an einem Haus. Chambon, wer hätte das gedacht, war einer der wichtigsten Orte Frankreichs. In diesem Ort hatte die Bevölkerung seit 1940 tausende Juden, spanische Republikaner, Arbeitsdienstverweigerer und Partisanen beherbergt und versteckt, unter Lebensgefahr für sich.

Abends kam ich meist erst gegen 18 Uhr wieder nach „Hause". Die Gastgeber waren freundlich, selbst der Hund, ein junger Labrador hatte sich nach ein paar Tagen an mich gewöhnt. Er kam bellend angerannt, sobald er mich an der Pforte sah, legte sich hin und wollte am Bauch gekrault werden.

Eines Abends empfingen mich die Gastgeber mit niedergeschlagenen Mienen. Ganz Frankreich war in Aufregung. Ein Mann hatte sich einen 16-Tonnen-LKW ausgeliehen und war in Nizza auf der Promenade des Anglais in die feiernde Menschenmenge gerast. Mindestens 80 Tote, Männer, Frauen, Kinder. Wahllos gemordet, zerstückelt. Zerdrückt unter den Reifen. Niemand verstand den Sinn der Tat. Man vermutete einen islamistischen Hintergrund, ein Schläfer vielleicht. Ich weinte mit den armen Leuten, die so spontan auf dieses Leid reagierten. Wer wollte hier wen für was bestrafen? Oder war es einfach ein Verrückter, der einmal in seinem Leben Aufsehen erregen wollte? Solche Fragen gingen mir durch den Kopf. Meine Ruhe war vorbei. Ich schlief wieder schlecht, atmete kurz. Schon nach einer Woche reiste ich wieder ab. Deutschland würde mich auf andere Gedanken bringen.

Karlsruhe, Deutschland

Ich sollte also Frau P. und den Parteikader kennenlernen. Deutschland ist das reichste Land in Europa, jedenfalls reicher als Spanien. Goldreserven, Arbeitslosenzahl, Durchschnittseinkommen und so, wusste ich alles von Yvonne. In Deutschland sollte ich auch meine Geschäftsbasis erweitern. Ausgerechnet in diesem reichen Land, das so viel Geld hat, dass es kein Problem ist, viele Gäste aufzunehmen, sollte angeblich eine faschistische Partei entstanden sein. Das war so um 2013 herum. Ich war verblüfft. Das musste ich erst einmal erkunden.

Meine Scheinidentität wollte ich gerne durch eine Einschreibung als Gaststudent untermauern. Ich wählte die Universität/ KIT in Karlsruhe. Leider verstand ich kein Wort Deutsch. Um überhaupt einen Einstieg zu bekommen, buchte ich einen Crashkurs bei einer privaten Sprachschule. Danach erst hatte ich die Chance, am Studienkolleg der Universität Karlsruhe den DaF-Test zu bestehen. Endlich hatte ich einen Gasthörer-Schein, der mich als „Student" auswies. Die erste Hürde war überwunden.

Man hatte mir geraten, vor der Aufnahme des Studiums an einer Röntgen-Untersuchung (X-Ray) teilzunehmen. Selbst mir schien es sinnvoll, hatte ich doch noch nie meine Lunge untersuchen lassen, obwohl ich 3 Jahre in der Plantage mit Spritzmitteln gearbeitet hatte. Ein Bauer in Deutschland hatte vom häufigen Gebrauch des glyphosphathaltigen Roundups von Monsanto eine lebensbedrohliche Botulismus-Infektion davongetragen. Als der Amtsarzt mir eine frühe, nicht bedrohliche Art von Lungenkrebs bescheinigte, war ich also nicht überrascht. Als Killer ist man immer nah am Tod. Und ob ich in zehn Jahren an Lungenkrebs sterben oder in einem Monat von einem Bodyguard erschossen würde, das sollte sich noch herausstellen.

Karlsruhe begrüßte mich mit einem spätsommerlichen Blau. Auf der Straße ein Völkergemisch, eigentlich wenige Neger, aber man wusste nie, sind das nun ausländische Gaststudenten- wie ich (ha,ha)- oder Asylsuchende. Ich glaube, das ist so eine meiner privaten Theorien, dass Studenten daran zu erkennen waren, dass sie weniger mit dem Mobile herumspielten. Aber die Asylanten hatten ansonsten gelernt, sich gut zu tarnen, eine Art Mimikry, indem sie sich teuer aussehende Baseball-Caps, T-Shirts oder Schuhe zulegten, mit Aufdrucken wie „I love New York". Irgendwie kam mir die Technik bekannt vor. Ich war ja immer schon darauf aus gewesen, mich anzupassen, inzwischen konnte ich es aber einfach besser als die Armen. Ich konnte mir zum Beispiel die Clubs aussuchen, in denen ich verkehrte. Als amerikanischer Student hatte ich einfach den besseren Start.

Ich lebte in einer billigen Pension und hatte für eine kurze Zeit meine Hauptbeschäftigung ruhen lassen. Ich hielt mich jedoch fit durch tägliche Sprints über 1000 Meter und Stretching-Übungen. Durch den Hardtwald konnte ich kilometerlang geradeaus rennen oder querfeldein über Hindernisse hinwegspringen. Grundlegende Techniken des Karate hatte ich inzwischen vertieft.

Der Deutschkurs an der Uni lastete mich auch nicht voll aus. Zum ersten Mal in meinem jungen Leben merkte ich, dass meine untertrainierten Hirnzellen eine schnelle Auffassungsgabe hatten. In der Uni-Bibliothek schmökerte ich in Büchern über Maschinenbau und Informatik, um mein Alibi als echter Student zu untermauern, um einige Fachausdrücke zu lernen, die mich in einem Gespräch besser aussehen lassen würden.

Im September wollte ich meinem eigentlichen Ziel, dem Studium dieser neuen Partei, der „Neuen Verantwortung für Deutschland" (NVD) endlich näher kommen. Ich fuhr mit einem Billigbus nach Dresden und quartierte mich in einer Jugendherberge ein.

Im Bus traf ich eine Studentin der Politik aus Freiburg, die sich gerne mit mir über die Demonstrationen in Leipzig unterhielt. Sie meinte, die Teilnehmer seien meist soziale Absteiger, Menschen, die die große Politik zu lange vernachlässigt habe, die keine berufliche Perspektive hätten und nun ihre Wut bei den Demonstrationen ablassen würden. Das Problem seien aber die Rechtsradikalen, die diese Stimmung für sich nutzten. So käme es zu aggressiven Stimmungen gegen Ausländer, Angriffe auf Flüchtlingsheime und eine Hetze gegen die freie Presse und allgemein gegen die „Alten Parteien". Auf diesem Mist sei dann auch die Partei „Neue Verantwortung für Deutschland"(NVD) gewachsen. Aber ich sollte mir das ruhig selbst einmal ansehen. Mich würde man mit meiner Bekleidung – ich trug meinen besten Anzug, Echtledertasche und eine Breitling-Blender-Uhr vermutlich nicht für einen Asylanten halten.

Dresden, Deutschland

Ich hatte mich kaum in Dresden eingerichtet, als ich eine Rede eines „Herrn Bächle" miterleben konnte. Ein lustiges Fahnenmeer, die deutsche Flagge aber auch grün-weiße Fähnchen, Thüringische Flagge, es war wie damals unter Hitler.

In seiner Rede sprach er von „Angela Merkel und ihrer Bande, den Alkoholikern in Brüssel". Applaus, Sprechchöre: „Merkel muss weg" oder „Lügenpresse". Bächle wieder:" Der Redakteur, der ihn wegen Volksverhetzung angezeigt habe, sei der schlimmste Hetzer seit Julius Streicher"(das habe ich nachschlagen müssen, es war der Herausgeber des Nazi-Hetzblattes „Der Stürmer"). Dann wieder Sprechchor: "Widerstand". Ich wusste nicht recht, gegen was sich Widerstand richten sollte. Wieder Herr Bächle;: „Die etablierten Parteien gehören auf den Müllhaufen der Geschichte".

Das ganze Gerede dieses Herrn Bächle erschien mir als eine wüste Tirade eines einsamen Mannes. Überall um ihn sah er seine Feinde, alle waren hasserfüllt, die Parteien spielten im böse mit, die Gerichte gaben ihm einfach nicht Recht, die Presse liebte ihn nicht, nur er war ein Ausbund an Tugend, der Inbegriff der Rechtschaffenheit der harmloseste der Harmlosen. Wahrscheinlich war er es auch, aber sein dreistes Gerede stachelte Hunderte andere Enttäuschte an zu Sprechchören, zu Facebook-Einträgen, zu Angriffen auf Moslems, Linke, Autonome, Publizisten, Bürgermeistern und Asylantenwohnungen. Das war das Tragische.

Was das bedeuten konnte, erlebte ich ein paar Stunden später in einer Straße in der Nähe der Technischen Universität. Ich war gerade aus einer Gaststätte herausgekommen, als ich eine Gruppe von Männern wahrnahm, die hinter einem dunkelhäutigen Mann her rannten, der Mann war noch ca. 50 Meter entfernt und rannte genau auf mich zu. „Hilfe, help me!" rief er und versteckte sich hinter mir. Als die Gruppe mir gegenüber stand, wurde mir klar, dass es ernst würde. Einer war ziemlich muskulös, zwei andere eher schlank, sie hatten ein böses Lächeln auf dem Gesicht, als sie mich sahen. „Eh, da ist ja noch einer von den

Niggern, verpisst euch aus Dresden, haut ab aus Deutschland!"

Ich tat, als ob ich nichts begriffe. Ich blieb erst einmal wie angewurzelt stehen, trat aber auch keinen Schritt zurück. Ich blickte in die Augen des stärksten der Gruppe. Er konnte nicht übersehen, dass ich durchtrainiert war und dass ich keine Angst hatte. Außerdem standen ihnen nun zwei Personen gegenüber.

„Ach, fickt euch doch selbst", rief der Anführer. Die beiden Mitläufer schwangen noch einmal ihre Fäuste, um zu zeigen, wie stark sie gewesen wären, wenn sie alleine dem Neger gegenüber gestanden hätten, wechselten die Straßenseite und zogen ab. Schaulustige gab es keine oder sie hatten sich hinter den Gardienen ihrer Wohnungen verschanzt.

Jacob, so der Name des südafrikanischen Studenten, war fast so blass wie ein Weißer geworden. Spontan fasste ich ihn am Arm und ich führte ihn zurück in die Kneipe. Ich wurde als Held gefeiert. Es gab Freibier für mich, das ich nur nippte. Draußen geholfen hatte uns niemand.

Als Jacob sich von dem Schrecken erholt hatte, begleitete ich ihn noch zu seinem Studentenwohnheim. Er erzählte mir, dass es öfter vorkomme, dass Studenten hier wie Asylanten beleidigt, angegriffen oder gar zusammengeschlagen würden. Ich erzählte ihm ein wenig von meiner Herkunft und wir hatten einen entspannten Abend mit einigen anderen dunkelhäutigen Studenten.

Jacob und Siad, sein Freund, bereiteten ein köstliches Couscous-Gericht, in das sie ein halbes Hähnchen vom Frittenstand hineinschnitten. Dazu tranken wir Rotwein und nachdem ich nicht mehr standfest war, schlief ich bei Ihnen auf der Couch. Am nächsten Morgen, nach einem starken schwarzen Kaffee, zog ich weiter in die Jugendherberge. Ich war mir sicher, dass ich einen Freud gefunden hatte.

Landau, Bayern

Dass ich Frau P. , die Vorsitzende der NVD, kennenlernte, war also kein Zufall. Ich wollte sozusagen den bürgerlichen Arm dieser Bewegung kennenlernen, die Leute, für die Leute wie Bächle nur die Drecksarbeit übernahmen. Die sich später einmal seiner entledigen würde, wenn sie sich die Staatsmacht unter den Nagel gerissen hatten.

Frau P. war einmal verheiratet gewesen, hatte studiert, eine gebildete Frau. Wer vorne steht, habe ich mir gedacht, spielt allerdings keine Rolle, da kommt etwas von ganz unten, aus dem Bauch des deutschen Volkes. Es braucht nur eine Gallionsfigur. Aber ich hatte mich getäuscht. Frau P. war tatsächlich etwas Besonderes.

Ich war angereist. Nach Bayern, genauer gesagt nach Landau an der Isar. Dort war 2014 ein Treffen der NVD-Partei geplant. Ich mischte mich unter einige junge Leute, die das Treffen durch kritische Fragen hinterfragen wollten. Sie waren akkurat gekleidet und gehörten sicher nicht einer der linksradikalen Gruppen an, die die Pegida-Leute direkt auf der Straße angriffen.

Sie wollten Fragen stellen zum Umweltschutz, zur Stellung der Frau, zur Verteidigungspolitik usw.

Als Frau P. einen kleinen Handzettel vorlas, der im Raum verteilt worden war, kam Unmut unter den Anwesenden auf, so dass ich schon befürchtete, dass die grobschlächtigen Ordner oder sogar die Anwesenden die jungen Leute aus dem Saal werfen würden. Frau P. jedoch war sehr staatsmännisch und demokratisch und wollte den jungen Leuten vor Ort Rede und Antwort stehen. Sie ließ ihnen ein Mikrophon geben und schmetterte jeden einzelnen Kritikpunkt ab. Als Verlierer nach Punkten mussten die jungen Leute abziehen. Nein, die NVD sei nicht für die Rückkehr des Patriarchats, nein, die NVD sei natürlich für Umweltschutz, wenn auch nicht klar sei, woher die Klimaerwärmung komme, nein, die NVD habe keine Verbindung zur PEGIDA, sie stehe für Veränderung durch fairen Wettstreit mit den anderen Parteien. Ich meldete mich auch zu Wort, gedeckt durch das tolerante Verhalten von Frau P. „Wir waren doch mit allen Punkten durch. Haben Sie noch ein spezielles Problem, vielleicht zu den Asylanten?", fragte sie mich, wohl in Hinblick auf meine Hautfarbe. „Nein", meinte ich, „ich möchte Ihnen eigentlich nur danken". „Und wofür?", fragte sie sichtlich verunsichert zurück. „Ich glaube, sie sind die einzige Partei in Deutschland, die sich wirklich für die einfachen Leute einsetzt. Bei uns in den Vereinigten Staaten ist alles von den Großkonzernen bestimmt, die jeden Präsidentenkandidaten durch Wahlkampfkostenhilfe für sich gewinnen. Aber Sie greifen hier in Deutschland wirklich die Themen auf, die die einfachen Leute betreffen. Sie stehen sozusagen als Vertreter der sprachlosen Mehrheit. Der Leute, die das wählen schon aufgegeben hatten, weil die etablierten Parteien doch machen, was sie wollen. Sie stehen gegen die unsinnige Unterstützung fremder Länder, damit genug für die einheimische Bevölkerung da ist, sie sind gegen Zwangsabgaben wie die Rundfunkgebühren, sie sind für mündige Bürger, also Volksabstimmungen, gegen Spenden von Firmen an Parteien, die den Volkswillen untergraben. Sie wollen die Mindestlohnempfänger sichern, Sie wollen ausgewanderte Akademiker in die deutsche Wirtschaft zurückholen, damit es allen besser geht. Ich könnte noch Vieles mehr nennen, aber ich glaube, das genügt." Es gab Applaus. Frau P. dankte mir für meinen Beitrag und ich ging erstaunt über mein rhetorisches Talent auf meinen Platz zurück. Ich hatte mein Ziel erreicht: Sie war auf mich aufmerksam geworden.

In der Pause kam sie auf mich zu. „Ich habe mich sehr über ihren Beitrag gefreut", sagte sie. Wissen Sie, sie sprechen für einen Amerikaner ein sehr gutes Deutsch. Und, ehrlich gesagt, bekomme ich selbst von meinen Parteikollegen eigentlich mehr kritische Worte zu hören als Lob. Ihr Beitrag hat mir wirklich gut getan." Sie lächelte mich an. Ich muss sagen, mit meinen nach hinten gegelten Haaren und meinem Anzug sah ich wie das Paradebeispiel eines arrivierten amerikanischen Schwarzen aus. „Mein Großvater war ein Deutscher", log ich unverschämt, die Vorfahren meiner Mutter aber stammen aus Senegal. Als Nachfahre von Sklaven weiß man, dass es wenige Menschen gibt, die sich wie Sie für die Schwachen einsetzten."

„Was machen Sie eigentlich in Deutschland?", fragte sie nach. Ich studiere in Karlsruhe, am KIT Maschinenbau und Informatik. „Oh, also highly gifted?" fuhr sie fort zu fragen. „Nun ja, wenn man nicht auf den Kopf gefallen ist!" antwortete ich. Ich hatte mir das Interview mit Tim Sebastian auf YouTube angesehen und wusste, wie perfekt Englisch sie sprach. Ich musste auf der Hut sein. „You're at least high gifted too", versuchte ich es auf Englisch."I mean, being promoted in mathematics is not your only gift." "Thank you for your complements," meinte Sie,"but let's rather continue our conversation in German, I suppose.." Ihr Blick auf unsere Umgebung machte mir klar, was sie gerade dachte. Ich konnte sie gut verstehen, immerhin waren wir in Bayern, sozusagen dem deutschen Ur-Land. „Ich würde mich gerne mit Ihnen über die USA unterhalten, aber nicht hier. Ich habe demnächst einen Termin in Mannheim. Könnten Sie sich vorstellen, dort einmal vorbeizuschauen, als Student haben Sie doch sicher etwas Freizeit?". Ich konnte.

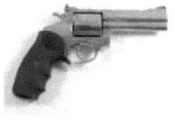

Mannheim, Deutschland

Frau P. trug ein beiges Kostüm, als wir uns in der geschmackvollen Lounge es InterCityHotels in Mannheim trafen. Draußen rauschte der Verkehr vorbei, aber es war kein Laut zu hören außer dem leisen Gemurmel der Gäste, die es sich in den Clubsesseln bequem gemacht hatten. Sie hatte eine Sonnenbrille auf, wie bei einem konspirativen Treffen. Mir war klar, dass jeder Schritt von ihr von der Presse überwacht wurde, immer auf der Suche nach Angriffspunkten gegen ihre Person. Umso mehr wunderte ich mich, dass sie als erstes ihre Sonnenbrille abnahm. „Wissen Sie, es schadet nichts, wenn ich mich mit einem Farbigen unterhalte. In meiner Partei gibt es eine Menge Xenophobe und es ist gut für mein Image, genau das nicht nachzumachen. Außerdem sind sie Amerikaner". Merkwürdigerweise wurden wir aber von niemand wahrgenommen. Wir unterhielten uns über die amerikanische Außen- und Innenpolitik, über die ich mir vorher schlau gemacht hatte. So konnte ich ihre Fragen über Rassismus, Gesundheitswesen, Rüstungsindustrie, Obama und Trump gut beantworten. Sie schien zufrieden. „You see, I'm interested in your country, I think that I'm one the little crew in my party, that have voted for staying within the NATO, because I think Germany is rather helpless in regard to his army. Would you agree?" Ich stimmte ihr zu, dass die deutsche Armee mit ihrer zu kleinen Mannschaftsstärke, ihrer fehlerhaften Ausrüstung und ihrem schwindenden Rückhalt in der Bevölkerung ohne amerikanische Unterstützung ein ziemlich trauriger Haufen sei.

Wir wechselten das Thema. „Sie sehen übrigens für einen Studenten ziemlich gut trainiert aus. Treiben Sie viel Sport?" fragte sie. Endlich hatte ich Frau P. da, wo ich sie haben wollte. „Ich bin nicht nur sportlich, ich arbeite ab und zu bei Veranstaltungen als Security. Ich habe einen schwarzen Gurt in Karate und habe noch ein paar andere Tricks auf Lager." Ich sah ihr direkt in die Augen und sie wich nicht aus. „Vielleicht sollte ich sie einmal probeweise als Bodyguard beschäftigen. Könnten Sie sich so etwas vorstellen?" „You mean, like Kevin Kostner and Whitney Houston?", ich grinste. Sie lachte. "You're not Kevin and I'm not Whitney, you are colored and I can't sing". Zum ersten Mal war so etwas wie ein geheimes Einverständnis zwischen uns entstanden.

Berlin, Deutschland

Als James Rico betrat ich den Dienstboteneingang des Hotels Adlon. Ich war bekannt, trug meinen in Plastik eingeschweißten

Ausweis am Revers. „James Rico, Personenschutz, NVD".

Ich durfte natürlich keine Waffe tragen, schon gar nicht in einem Hotel wie dem Adlon. Frau P. hatte darauf bestanden, dass ich offiziell gegenüber den Kollegen in mein Amt eingeführt werden sollte. Es gab einiges Gerede, gerade bei den grobschlächtigen Muskelpaketen, die mich misstrauisch beobachteten, aber gegen den Wunsch der „Chefin" wagte keiner ein böses Wort. Als Bodyguard trug ich ein beiges Jackett von Diegel und ein taubengraues Hemd von VanLaak. Damit war ich eigentlich da angekommen, wo ich hinwollte, als ich aus Senegal aufgebrochen war. Aber ich hatte immer noch meinen Auftrag. Und ich war neugierig. Ich wollte mehr erfahren über das Denken dieser Frau, die ich attraktiv fand, nicht nur äußerlich, sondern vor allem wegen ihrer Durchsetzungskraft, wegen ihrer sprühenden, fast dämonischen Intelligenz. Ich betrat das Foyer, in dem sich einige Journalisten aufhielten. In der Lounge hatte sich Frau P. und ihr Gesprächspartner, Herr Meuchel, in zwei damastbezogenen, cremefarbenen Sesseln niedergelassen. Meuchel schaute etwas verunsichert um sich, auf die goldgelben Lampen und das Mobiliar, das ein wenig die Zeitlosigkeit der Eleganz widerspiegelte. Auf der Empore hinter den halbhohen Säulen waren beide abgeschieden, kein Journalist hatte Zutritt bekommen, außer mir war noch ein anderer Bodyguard anwesend. Auch wir hatten es uns in den Sesseln bequem gemacht, waren jedoch mit unseren Augen immer im Raum unterwegs. Der andere Bodyguard hieß Jürgen.

Etwas gedämpft konnte ich das Gespräch der beiden Spitzenpolitiker mitbekommen. Frau P. machte sich Sorgen um die Äußerung von Herrn Gauleitners über einen mir unbekannten, schwarzen Fußballstar der Nationalmannschaft. Frau P. hielt ihren

Unmut nicht verborgen. Es sei ungeschickt, sich vor einer EM, wo gerade dieser Fußballer eine wichtige Rolle für Deutschland spielen dürfte, negativ über ihn zu äußern. Der verbale Ausfall von Kranich gegen einen deutschen Fußballstar stelle jedoch ein Eigentor dar. Während draußen ein mildes Rosarot die Abenddämmerung anzeigte, versuchte die Führungsspitze der NVD sich auf einen Kurs zu einigen. Es müsse mehr eine einheitliche Linie sichtbar werden für die Wähler. Schluss mit den spontanen Einzeläußerungen von Bächle, Frau Kranich, Gauleithner und sonstigen Kollegen. Was sollte das zum Beispiel mit der Attacke auf die Kirche, die sich angeblich mit der Flüchtlingsarbeit die Taschen fülle? „Wollen wir es uns nun mit allen verderben, mit allen Parteien, mit Kirche, mit Justiz, mit Medien, mit Fußballfreunden?" kritisierte Frau P.. Meuchel war nachdenklich geworden. Er versprach, im Sinne von Frau P. auf die Parteifreunde einzuwirken.

Am Abend hatte Frau P. endlich Zeit für mich. Ihr Lover, ein exzellenter Abgeordneter, war geschäftlich unterwegs und sie hatte für heute genug konferiert, gelesen und recherchiert. Ich lag richtig, als ich ihr vorschlug, einen Biergarten aufzusuchen. Wir nahmen ein Taxi und ließen uns in einem einfachen Viertel absetzen. Blau-weiße Wimpel wiesen den Weg zu einem bayrisch inspirierten Tempel des Paulaner Bieres und der Weißwürste. Von den Kastanien hingen schon die Igel, der Wind war noch lau. Auf den einfachen Bierbänken fanden wir noch eine ruhige, ungestörte Ecke. Ich wollte die Gelegenheit nutzen, um endgültige Klarheit über die Strukturen der Partei zu bekommen. Dafür war ich schließlich nach Deutschland gekommen. „Wieviel Prozent werdet ihr denn nächstes Jahr bei den Bundestagswahlen bekommen?", begann ich das Gespräch. „Wenn diese Idioten nicht ständig über die Stränge schlagen, rechne ich mit 25-30 Prozent." „Über die Stränge schlagen, so viel Deutsch verstehe ich noch nicht", warf ich ein." Über die Stränge schlagen heißt, einfach zu viel politischen Druck aufbauen, zu sehr provozieren. Wir wollen schließlich eine wählbare Partei sein und nicht nur ein Protestpartei. Weißt du- sie duzte mich inzwischen – ich liebe Deutschland, das eint mich mit den anderen Führungsgestalten der NVD, aber im Detail gehen die Meinungen ziemlich auseinander. Jeder kann gegen Brüssel sein, aber die einen wegen Vorschriften für Bananen, die anderen wegen mangelnder Transparenz, manche wollen ein gesundes deutsches Nationalgefühl wieder haben, andere müssen gleich

Ausländer verprügeln, um sich dieses Nationalgefühl zu beweisen, was genau geändert
werden würde, wenn wir an die Macht kä-
men, das weiß niemand so genau, was mit
der Nato wird, oder mit einem Germany-
EU-Exit, mit der Erbschaftssteuer, mit den
Unternehmenssteuern. Alles noch nicht klar.
Oder sagen wir es höflicher, in der Diskus-
sion. Aber viele interessiert nur eines: Auf-
merksamkeit erregen, die Massen überzeu-
gen, die Macht gewinnen." „Die Macht werdet ihr auf jeden Fall erringen", lobhudelte
ich," wenn nur die 15 Millionen Armen in
Deutschland euch wählen und noch die 50%
Prekariat in der ehemaligen DDR, so könnt
ihr sicher 25-30% der Stimmen bekommen."
„Es gibt aber ein Problem. Alleine bekommen wir keine Mehrheit. Und so wie sich
einige von uns gebärden, wird niemand mit
uns eine Koalition eingehen. Also muss ich
sie bremsen." „So wie heute", lächelte ich
sie an. „So wie heute", lachte sie zurück und

wir stießen auf die künftige Bundesregierung an. „Weißt du, bei Meuchel bin ich mir auch nicht sicher, ob er mich nicht am liebsten aus der Führung vertreiben möchte. Aber er könnte höchstens intrigieren. Vorne herum ist er mein bester Kollege. Hoffentlich bleibt er das. Auf ihn kann ich mich stützen. Und natürlich auf Weckle." Weckle war ihr Lover, der Abgeordnete. Ich war schon ein bisschen neidisch, dass sie sich nicht auf mich „stützen" wollte.

Bad Wildbad – Kreuth, Bayern

Dass es die NVD schaffen würde, 35 % der Stimmen bei der Bundestagswahl 2017 zu erreichen, war schon eine unangenehme

Überraschung für die Traditionsparteien gewesen. Aber dass der NVD-Vorstandes geschafft hatte, sich mit Hilfe der Wahlkampfkostenerstattung von 15 Millionen Euro das Alte Kurbad in Bad Wildbad-Kreuth von den Besitzern, dem Adelshaus Wittelsbach zu pachten, löste bei der CSU regelrechte Wutanfälle aus.

Hier, an diesem historischen Ort, sollte die erste Klausurtagung der NVD nach den Wahlen stattfinden. Es war der 25. Oktober, als mich der „Mann", also mein Finanzier aus Paris, pünktlich wieder anrief. Ich sagte ihm, ich hätte mir den Auftrag durch den Kopf gehen lassen. Ich glaube nicht, dass es Sinn mache, die Führungsspitze der NVD zu exekutieren, das sei eine Volksbewegung, aus der schon bald neue Köpfe nachwachsen würden. „As long as Germany doesn't solve his social problem of millions of poor living underdogs, the fascism will raise again." Was er mir darauf antwortete, scho-

ckierte mich, denn es war nur ein Wort."
"OK", kam es über den Äther. Dann legte
er auf. Wieder dieses unheimliche Gefühl,
das mich schon beschlichen hatte, vor acht
Wochen in Paris, im Gare du Nord. Ich hatte Angst, Angst um Frau P., aber auch Angst
um das eigene Leben.

Ich rief Frau P. auf ihrem Handy an. „Tun
sie mir einen Gefallen. Gehen sie nicht nach
Bad Kreuth. Ich sage ihnen das als ihr Bodyguard." "So schlimm wird es doch wohl
nicht sein. Sie werden mich nicht fressen.
Heute ist doch der Tag des Triumpfes", versuchte sie zu scherzen." „Ich kann es Ihnen
nicht erklären, aber sie sollten da nicht hin
gehen, es könnte gefährlich werden!" „Na,
dann kannst du mich ja beschützen, mein
Kevin Kostner". „Sorry, das ist selbst für
mich zu heiß," erwiderte ich. „Du machst
mir Angst, James. Kannst du mir wirklich
nicht sagen, worum es geht?"

„Nein, kann ich nicht, aber bitte tun sie es für mich." „Das geht nicht. Ich kann nicht einfach abhauen. Ich habe kein anderes Zuhause. Politik ist mein Leben." „Dann wünsche ich Ihnen viel Glück. Vielleicht passiert auch nichts. Ich muss jedenfalls verschwinden." „Und wohin?", wollte Frau P. noch wissen. „Es ist besser, auch Sie wissen es nicht." Das waren die letzten Worte, die wir wechselten. Ich packte meine sieben Sachen und verschwand mit dem Rest meiner Kohle. Zuerst einmal flog ich nach Spanien. Als ich abends im Hotel in Malaga versehentlich das deutsche Fernsehen anschaltete, sah ich einen Bericht. Der Kommentator der „Tagesschau" erzählte, bei der Klausurtagung der NVD hätten alle Teilnehmer nach dem Essen heftige Gelenkschmerzen bekommen und seien daraufhin ins Krankenhaus nach Rottach-Egern gebracht worden. Dort hätten die Ärzte die Symptome nicht einordnen können und man habe Bächlein, Gauleithner, Hucke, Kranich, Meuchel, Glasel und Frau P. mit dem Hubschrauber nach München verlegt. Dort seien sie einer unbekannten Krankheit erlegen.

Mich gruselte, mehr als in den Katakomben in Paris. Ich verfolgte die Nachrichten. Eine Woche später wurde berichtet, das eingeschaltete Koch-Institut habe den Chikungunya-Virus als Ursache ermitteln können. Man stünde vor einem Rätsel.

Epilog

Gauteng, Zulu-Gebiet, South Africa

Erst Jahre später ist mir, als ich einmal wieder das Programm der NVD gelesen habe, aufgefallen, dass die Partei sich doch für eine politische Annäherung an Russland und den Austritt aus der NATO ausgesprochen hatte. Mir fiel der „Mann" in Paris wieder ein. Seine Bewegungen. Sein vieles Geld. Ich dachte an Allende, an Saddam Hussein, an Chavez, an Martin Luther King, an Kennedy. Ich dachte an: CIA. Mir wurde schlecht.

Der Autor

Dr. phil. Hans Albert Poignée, Jg. 1951, lebt in Ettlingen, Deutschland. Er hat viel studiert und hat als Taxifahrer, Fließbandarbeiter, Heilpraktiker, Lehrer, Sozialpädagoge, Betriebswirt und freier Dozent gearbeitet. Nun ist er Rentner. Er freut sich, wenn er auf den Garten blickt, die Blumen blühen und keine Sondersendung über ein Attentat den Beginn eines Rosamunde-Pilcher Films nach hinten verschiebt.

Nachbemerkung

Alle Personen in diesem Buch sind fiktiv. Ähnlichkeiten mit lebenden oder toten Personen sind rein zufällig.

Bücher von Hans Albert Poignée

Belletristik

Avalokita - Die sieben Leben des Albert Lejeune

Handbuch für Betrüger und Hochstapler, Band I und II

Marabut , Novelle (nur über den Autor erhältlich)

Sachbücher

Essay über Regression und Therapie

Strukturierte Materialiensammlung zur Hochbegabtenförderung und Diagnostik Band I

Strukturierte Materialiensammlung zur Hochbegabtenförderung und Diagnostik Band II

Der Außenseiter als Spiegel der Gesellschaft

Der Beitrag der systemischen Theorie für Sonder- und Sozialpädagogik

Multimedia im Unterricht

Humanistische Psychologie und Anthroposophie

Theraplay als therapeutischer Ansatz für die schulische Arbeit mit Verhaltensgestörten

Differentielle Diagonistik der Minimalen Cerebralen Dysfunktion

Körpertherapeutische Verfahren in der Spachheilpädagogik

Wirtschaftspolitische Aspekte des Systemtransfers am Beispiel der ehemaligen Ostblockstaaten